AF462843

LE VOLUPTUEUX HORS DE COMBAT, OU LE DEFI AMOUREUX DE LYGDAME ET DE CHLORIS.

NOUVELLES POESIES GALANTES En François & Latin.

A CYTHEROPOLIS,

Chez PIERRE L'ARRETIN, Imprimeur de l'Academie des Dames, à la Venus de Gréce.

LE VOLUPTUEUX

HORS DE COMBAT,

ELEGIE.

ARGUMENT.

LE Héros du Poëme qui ſuit, déguiſé ſous le nom de Lygdame, ſe plaint dans cette premiere Piéce de n'être plus tel qu'il étoit à la la Fleur de ſon Age, lorſqu'il paſſoit d'agréables momens avec ſa Maîtreſſe, que le Poëte déguiſe auſſi ſous le nom de Chloris.

ELEGIE.

DEpuis que la Vieilleſſe a de ſes doigts de
glace,
Frappé mon triſte front, & blanchi mes cheveux,
Je ne ſens plus en moi cette fougueuſe audace,
Qui cent fois me fit vaincre aux combats amoureux.

Grands Dieux ! qu'eſt devenu le feu de ma Jeuneſſe ?
Mon Apollon vieilli n'échauffe plus mes ſens,
Et dans mes os gliſſée une lente pareſſe,
Fait languir tout mon corps ſous le fardeau des ans.

Et toi jadis ma gloire & mon bonheur ſuprême,
V.... qui fut de B... tant de fois admiré !
Beau Membre qui dans l'homme eſt plus que l'homme même,
Tu languis dans ta peau triſtement retiré.

Tu languis, Dieu camard, dont la vertu puiſſante
Produit, & fait mouvoir tous les êtres divers,
Ranime dans un corps la nature mourante,
Rend la paix aux mortels, & peuple l'Univers,

Toi, vigilant Argus, Pere des doux mensonges,
Qui chaque nuit veillois pour servir mes desirs,
Et qui pour moi prodigue en d'agréables songes,
M'abbreuvois du Nectar des amoureux plaisirs.

Toi le nœud de l'Hymen & sa plus douce amorce,
Le premier soin du Dieu qui préside aux Amours,
Le Nerf qui de l'Amant fait l'orguëil & la force,
Son javelot, sa lance, & son plus sûr recours ;

Le joüet de l'Enfant, le charme du bel âge,
L'aiguillon dont Vénus se sert pour l'exciter,
L'Amour de mon Iris, & son plus doux partage,
Le fuseau que sa main se plaît à tourmenter.

Si l'âge, en me rendant tout le corps immobile,
Ne m'eût laissé de vie & de chaleur qu'en toi,
Le sort, dont je me plains, me trouveroit tranquille,
Quiconque B . . . bien est plus heureux qu'un Roi.

Mais ta tête, mon V . . . tristement abbatuë,
Est le juste sujet de mes plaintifs accens ;
Tout tombe avec le V . . . mais quand il s'évertuë,
Il fait voir les plaisirs en foule renaissans.

Il eſt de tous les biens la meſure infinie ;
Le repos des Epoux, le ſceptre bien-heureux
Sous qui chacun reſſent les douceurs de la vie ;
Et qui ſeul fait regner & les ris & les jeux.

Tout éprouve à ſa vûë une allégreſſe entiere.
Heureux ceux qni remplis d'un jus luxurieux,
Fourniſſent en bandant une longue carriere !
Ceux-là ſont animés du pur ſouffle des Dieux,

Ils ſont l'Amour du Ciel : l'Auteur de la Nature
Les forma d'un limon détrempé par ſes mains ;
Mais nous frêles vaiſſeaux d'étrangere ſtructure,
Nous périſſons, d'argille ouvrages ſecs & vains.

Malheureux ! quel es-tu ? quel état pitoyable !
Quel es-tu, mon cher V . . . Ah ! regrets ſuperflus ;
Tu languis, tu te meurs, la Vieilleſſe t'accable,
Mon œil dans cet état ne te reconnoît plus.

Ce qui me fait encor plaindre mon infortune,
Et donne à ma douleur de lugubres ſoupirs ;
C'eſt que tu n'étois pas d'une taille commune,
Et que ton ſuc fécond nouriſſoit mes plaiſirs.

Quel V . . . étoit-ce alors ? quelle large encolure ?
Que de feu, que d'ardeur, que de courage enfin !
Les Dieux verſans ſur moi leurs faveurs ſans meſure,
M'avoient voulu dotter d'un tréſor ſi divin.

Fier , écumant , fougueux , actif , plein de souplesse ;
Toûjours prêt à frapper , & plus prompt qu'un éclair ,
Menaçant de partir , & menaçant sans cesse ,
Toûjours le dard levé , toûjours la pointe en l'air.

Lorsqu'il se roidissoit , & que couvert d'écume ,
Dans toute sa grosseur il se montroit bandant ,
Quelle main en eût pû contenir le volume ?
De Neptune en fureur il sembloit le trident.

Soit que du doux Vallon il franchit le passage ,
Soit qu'au bout de sa course il reparut soudain ,
Il sçût toûjours du sexe emporter le suffrage ,
Et jamais ne pleura mollement dans leur main.

F . . . . au bras charnu , T . . . . la Tetonniere ,
Cent fois en l'empoignant ont pâmé de plaisir ,
S . . . . au vaste C . . . M . . . . la Financiere ,
Saignent encor d'un coup trop cher à leur desir.

Non , du séjour des morts la porte inébranlable
N'auroit pas un moment soutenu ses assauts :
Il eût du premier choc de sa tête indomptable
A la fois renversé verroüils , gonds & pivots.

Vit-on jamais belier , canon , bombes , machines ,

Briser auffi foudain les murs & les remparts ?
J'aurois lors d'Ilion hâté feul la ruine,
Et fait voler Athos en cent rochers épars.

Ah ! qu'eft-il devenu ce merveilleux tonnerre,
Ce foudre dans mes mains fi traitable & fi doux,
Qui jadis me rendoit un Jupiter fur terre,
Et qui portoit toûjours d'inévitables coups.

Tu n'es plus, mon V . . . que l'ombre & le phantôme,
Tu n'es plus déformais que cendre, que vapeur,
Cadavre inanimé, vain & futil atôme;
Toi dont G . . . . vantoit la force & la groffeur,

Chaque jour entaffoit, pour relever ta gloire,
Triomphes fur triomphes & lauriers fur lauriers :
Mon Amour fur tes pas enchaînoit la victoire,
Je marchois orguëilleux de tes exploits guerriers.

Entre divers combats que foutint ton courage,
Et dont le plein fuccês te fût fi glorieux,
J'en veux rapeller un d'un fublime avantage ;
Le fouvenir des biens eft toûjours gratieux.

A l'appas du plaifir fouvent la douleur céde,
Et le récit des faits qu'on aime à raconter,
Devient des maux prefens l'agréable remede,
Ou nous aide du moins à les mieux fuporter.

Mufes, mes Déités, montrés-vous moins craintives,

Et chaſſant la pudeur de vos fronts ſourcilleux,
Conſacrés par des vers portés dans vos Archives
Le tendre monument d'un combat amoureux.

Les Ris & les Amours ne marchent pas ſans gloire,
La gloire ne ſuit pas toûjours la Volupté ;
Mériter d'avoir place au Temple de Mémoire,
C'eſt avoir pour ſon nom beaucoup exécuté.

LE DEFI AMOUREUX
DE LYGDAME
ET DE
CHLORIS.

AU Printems de mes jours je connus une Fille,
Dont je cheris encor le ſouvenir charmant ;
Son nom étoit Chloris, en mille jeux fertile,
Capable d'enchaîner le plus volage Amant.

Un jour une quérelle entre nous fut émüë,
Dans l'ardeur de ſavoir, ſi par de vifs transports
Un Garçon luttant nud contre une fille nuë,
La pourroit exploitter malgré tous ſes efforts.

La Fille, dis-je alors, tombe ſans réſiſtance,
Son flanc d'un coup ſubit eſt d'abord transpercé ;

Pour qui sçût escrimer de la lubrique Lance,
Fille nuë en tout tems fût un triomphe aisé.

Erreur, trop vaine erreur, me dit Chloris en face,
La Fille en presentant seulement le côté,
Se dérobe sans peine au coup qui la menace,
Et trompe de l'Amant l'effort précipité.

A ces tendres assauts son propre feu l'excite,
Repondis-je, & serrant la fille dans ses bras,
Il caresse le lieu que l'Amour même habite,
Y dirige son dard, le place, entre en ébats.

Le Sexe rend, s'il veut, ce travail inutile,
Me repliqua Chloris ; quoi donc, penseriés-vous
Que lorsqu'il faut agir, il restât immobile ?
Ah ! nous avons des bras pour repousser vos coups.

L'Héroïne ! à vos mains aucun laurier n'échape,
Lorsque vous combattés du geste & du discours ;
Mais las ! que feriés-vous à l'aspect d'un Priape ?
Vous rendriés bien-tôt la Ville & les Fauxbourgs.

A ce burlesque mot, Chloris effarouchée,
Essayons : je le veux, dit-elle, & non plus tard ;
Sa chemise à l'instant de son Sein détachée
Laisse voir à mes yeux la nature sans fard.

O nudité charmante ! ô blancheur sans égale !

O Tetons rebondis ! ô Sein délicieux !
O Cuiſſes ! ô beau C . . . ô Ventre de Veſtale !
O Motte, Antre charmant, Palais digne des Dieux !

Dieux puiſſans en Amour que vos mains ſont adroittes
Pour guider le pinceau qui trace ces portraits !
Il faut être vrayement, Grands Dieux, ce que vous étes,
On doit vous reconnoître à de ſi nobles traits.

Oüi, ces feux éternels brillans dans l'Empirée,
Les Celeſtes flambeaux, ces globes radieux,
Ces tourbillons portés ſur l'aîle de Borée,
La Terre, les Enfers, & la Mer & les Cieux ;

De l'Univers enfin la vaſte plénitude,
Sont, je ne doute plus, l'ouvrage de vos mains.
De cette vérité portant la certitude,
Chloris nuë eſt la voix qui l'annonce aux Humains.

Pour moi voulant repondre aux vœux de mon Helene,
Audacieux Rival, je m'avançai tout nud ;
Ma chambre étoit la lice, l'illuſtre & noble Arêne :

Nous avions pour témoins & pour Juges ſinceres
Myrtile aux cheveux noirs en treſſe ramaſſés,
Et Clymene & Lyris, Nymphes ſexagenaires,
Qui vantoient à Venus leurs ſervices paſſés.

Aux Athletes nouveaux pour escrimer ensemble,
Ces antiques Circés offrent un lit moëlleux ;
Mais un lit fait rougir quiconque leur ressemble ;
Debout, front contre front ils luterent tous deux.

Qu'on me donne l'archet & la voix d'un Homere
Pour chanter sur le ton Héroïque & Guerrier
Un combat suscité par le Dieu de Cythere,
Qui promet au Vainqueur un immortel laurier.

Vous, taisés-vous haut-bois, taisés-vous luth, musette,
Cypris, ces instrumens sont trop foibles pour toi ;
Viens prêter à mes mains ta sublime trompette,
Divine Calliope, accours & soutiens-moi.

LE DEFI AMOUREUX DE LYGDAME ET DE CHLORIS.

POEME.

DEja les deux Guerriers se tenoient en presence,

L'habit bas, le corps nud, dans un profond ſi-
lence,
Brûlant de décider le point litigieux,
Qui partage & ſuſpend leurs eſprits furieux ;
Au deſtin des combats le fier honneur les li-
vre,
Et leur renouvellant la loi qu'ils doivent ſui-
vre,
Les preſſe d'éprouver aux champs de Cupi-
don
Si d'un Priape en rut le lubrique demon,
Peut vaincre & terraſſer, en combattant contre
elle,
Le Génie obſtiné d'une femme rebelle.
Tous deux ſont dans ſa fleur d'une âge vigou-
reux,
Tous deux braves, laſcifs, prompts, pétillans,
fougueux,
Tous deux ſouples des reins, & d'une force é-
gale,
Tous deux aiguillonnés par une ardeur rivale,
Et pénétrés du feu qu'allume dans leurs os
Le poiſon de l'Amour dont on brûle à Paphos.
Chloris le cœur atteint d'une maligne joye,
L'intrépide Chloris tonne, éclatte, foudroye,
De ſes yeux enflammés fait partir mille éclairs,
Et plus vîte qu'un trait qui traverſe les airs,
Portant dans ſon regard une mâle aſſuran-
ce,
Au milieu de l'Arêne avec tranſports s'élance.
Dans un ſuperbe nœud ſes cheveux ramaſſés
Retombent ſur ſon front en aigrette dreſſés ;
On ne voit plus briller ni pendre à ſes oreilles
Ses boucles à rubis de figures pareilles ;
Déja ſont diſparus ſes pompeux ornemens,
Colliers & braſſelets, perles & diamans ;

Un ruban que de Tyr embellit la teinture,
Sur ſa jambe attaché fait toute ſa parure :
Son corps eſt auſſi nud que la Mere d'Amour,
Lorſque ſortant des flots elle parut au jour.
On peut donc contempler ſans voile & ſans nuage,
Des beautés de Chloris le Divin aſſemblage.
Attachés ſur ſon Sein par des nœuds de Corail,
S'élevent à l'envi deux tendres Monts d'Email;
La blancheur de ſes flancs fait honte au plus beau Jaſpe
Que l'Indien voit naître aux rives de l'Hydaſpe :
Son Ventre délicat ſemble un amas de Lys,
Son Cul, ſon Cul charmant & ſes côtés polis
Sont tels qu'ils euſſent pû triompher d'un Narciſſe.
Entre les deux piliers de l'humain édifice
Reluit, comme un bijou qui n'a point de pareil,
Des douces voluptés le Vaze au bord vermeil.
Si Chloris de ſon corps eut contemplé l'ivoire,
Chloris à s'adorer auroit borné ſa gloire,
Et de ſes membres nuds fait ſes uniques Dieux.
Ainſi l'air menaçant & le feu dans les yeux,
L'audace ſur le front, la luxure dans l'ame;
La Guerriere Laïs prêt d'attaquer Lygdame,
Se campe ſur ſes pieds comme un Gladiateur,
Et du geſte & de l'œil provoque ſon luteur.
Telle étoit dans ces champs que le Schythe moiſſonne,
Au bord du Tanaïs une illuſtre Amazone,
Quand par des flots de ſang ſon courage enflammé
S'excitoit au combat contre le Gete armé;
Par un ferme rampart deffendant le paſſage,
Le cimeterre au poing, deffendant le rivage,

Elle osoit menacer le Chef & les Soldats,
Prête à faire voler leurs membres en éclats.
A l'aspect enchanteur de sa Rivale nuë,
Dont l'invincible attrait l'agite & le remuë,
Lygdame impatient de fureur transporté,
S'avance dans la lice en Athlete indompté,
Et fait voir à l'orgueil la valeur alliée.
Son V . . . dans cet abord la tête dépouillée,
Son fier V . . . masse énorme, animal monstrueux,
Prodige de vigueur, spectacle merveilleux,
Se dresse, se hérisse, allonge un col horrible,
Et presente une gueule écumante & terrible.
Cependant le lutteur veillant de toutes parts,
Promene sur Chloris ses avides regards,
Il examine, il voit par quel coup favorable
Il peut se faire jour à l'Antre délectable,
Et cherche à découvrir un endroit mal gardé,
Vers qui tourner l'effort de son Membre bandé.
Il montre de son corps les nerfs & l'encolure,
Et menace Chloris du poids de sa stature.
Tel Hercule parut, sa massuë à la main,
Lorsqu'il osa d'un bras plus ferme que l'Airain,
Attaquer sur les bords de l'aride Lybie
Le Géant enfanté par la Terre en furie.
Là, faisant voir tout nud son flanc large & poudreux,
Sa taille Gigantesque & ses membres nerveux,
Il cherchoit à saisir son terrible adversaire;
Et malgré les secours de sa rebelle Mere,
Dans les vastes replis de ses bras entr'ouverts
Tentoit de l'étouffer suspendu dans les airs.
Déja la Volupté déployant sa banniere,
Ouvroit aux Combattans une libre carriere,
Leurs cœurs étoient enflés d'Hérotiques poisons,

Et

Et leurs eſprits piqués de preſſans aiguillons ;
Quand plus prompt que le vent, d'une courſe
ſubite
Lygdame ſur Chloris fond & ſe précipite ;
Par le contour des reins il voudroit l'embraſſer,
Afin que d'un trait ſûr venant à la percer,
Il pût du premier coup achever ſa défaite,
Et rendre de l'Amant la victoire complette.
Mais Chloris ſur ſes pieds auſſi ferme qu'A-
tlas ;
Soutient tous les aſſauts ſans reculer d'un pas,
Elle oppoſe ſes mains à tout effort contraire,
S'en fait un bouclier contre ſon adverſaire,
Lui montre de ſes doigts le rempart hériſſé,
Et le voyant venir dans ſa courſe élancé
Imprime ſur ſon front ſes ongles infléxibles.
L'Athlette épouventé de ces foudres terri-
bles
S'ébranle, ſe confond, recule en frémiſſant ;
Habile à profiter de ſon trouble naiſſant,
Sa Rivale le ſuit, & d'un air intrépide
Sur lui touche à deux poings, le charge & l'in-
timide.
Ses femmes par l'éclat d'un bruit tumultueux
S'empreſſent d'aplaudir à ſes efforts heureux,
Cupidon qui la voit au travers d'un nuage,
D'un ſourire malin honore ſon courage.
Comme un Dogue fougueux dans les Neuſ-
triques champs
Saiſit d'une Geniſſe ou l'oreille ou les flancs ;
Dans ſes premiers accès ſi la ſuperbe bête
Le force à lâcher priſe en ſecoüant la tête :
Il ſe mutine alors, il devient furieux,
Et plein d'un noir dépit, le trouble dans les
yeux,
Aboyant d'une voix plus terrible & plus forte,

Il vole de rechef où sa fougue l'emporte,
Saute sur l'animal, & les dents sur son dos
Va bien-tôt de son sang faire couler des flots.
Ainsi Lygdame en proye au courroux qui l'enflamme,
Aigri par la douleur de sa déroute infâme,
Retourne sur Chloris comme un flot écumeux
Poussé par l'Aquilon contre un banc sablonneux.
Chloris céde d'abord, & du choc le plus rude,
Evite la rencontre en changeant d'attitude.
Il la suit, emporté d'un cours plus véhement;
Bien-tôt pieds & mains, tout entre en mouvement,
Tous deux front contre front se choquent, se meurtrissent,
Tous deux bras contre bras se bandent, se roidissent.
Quelle main, par les traits d'un excellent pinçeau,
Pourroit representer dans un heureux tableau
Le Dedale infini des routes redoublées,
Des évolutions, des fuites simulées,
Des cercles tortueux, des tours & des retours
Qu'on leur voyoit décrire en s'agitant toûjours?
Qui pourroit retracer leurs ruses, leur adresse,
Leurs assauts, leurs combats, leur force, leur souplesse?
Quand je serois dans l'air sur Pegase monté,
De l'esprit d'Apollon atteint & tourmenté,
Et vraiment enivré des vapeurs d'Hypocrêne,
Je n'aurois pas assez de force ni d'haléne.
Lygdame enfin plus fort lui porte sur les reins
Le joug tendre & pressant de ses lascives mains;
Plus Chloris se fait voir rebelle & mutinée,

Plus ſon Rival l'étreint dans ſes bras enchaînée.
Alors Ventre ſur Ventre, alors Sein contre Sein,
Il la froiſſe, il la preſſe, il hâte ſon deſſein;
Et juſqu'aux bords heureux de l'amoureux Myſtere,
Il conduit tendrement, & dirige avec art
L'Aiguillon hériſſé de ſon terrible Dard.
Ce que dans ſes ébats la Jeuneſſe effrénée,
Et la luxure en feu dans un cœur déchaînée
Peut fournir de vigueur, il l'épuiſe à lutter,
A pouſſer, à darder, à piquer, à pointer;
Il l'eût . . . . mais des deux corps la meſure inégale
Rabbat ſes coups preſſés & deffend ſa Rivale;
Le front au-deſſus d'elle, il frappe un doigt trop haut,
Et ſon Dard tout honteux revient de cet aſſaut
Sans avoir joint le but où ſon effort l'adreſſe.
L'Amant qui s'aperçoit du deffaut de juſteſſe,
Et ſent qu'il lui faudroit un niveau plus égal,
Maudit de ſa grandeur l'avantage fatal,
Qui diſſipe en regrets ſa vaine tentative.
Pour s'arracher des bras qui la tiennent captive,
Cent fois Chloris s'agite, & cent fois ſes efforts
Irritent, mais envain, ſa fougue & ſes tranſports:
Elle en rougit de honte, & de rage animée,
Faiſant craquer ſes dents dans ſa bouche enflammée;
Lâche, lâche les nœuds dont tu m'oſes ſerrer,
Dit-elle, ou de mes dents, je vais te déchirer.
» Que je te lâche? Non, non, dit Lygdame en colere,
» Non, ne l'eſpere point, indocile Megere,

» Je te tiens dans mes fers & te tiendrai toûjours
» Jusqu'à ce que je puisse, au gré de mes Amours,
» Voir par de-là tes flancs cette Pique enfoncée,
» Et que d'un trait hardi de part en part percée,
» Je te laisse à guérir aux mains de ta Lyris.
Traitre, replique-t'elle, avec d'horribles cris,
Tu lâcheras, j'en jure Hecate, Tisyphone,
Et le juste courroux dont mon ame bouillonne:
Elle dit, & déja pleine d'un fiel ardent,
Elle fond sur Lygdame à coups d'ongles & de dent;
Sur sa tête & ses bras va porter le ravage:
Arrache ses cheveux, déchire son visage,
Et du triste Lutteur à ses excès livré
Montre bien-tôt aux yeux le corps défiguré;
Déja ses membres nuds tous couverts de morsures
N'offrent plus aux regards qu'un amas de blessures;
L'un & l'autre sourcil déja tombe arraché:
Déja son sang vermeil tristement épanché,
D'une vive rougeur peint ses tempes livides,
Et ruissele à longs flots sur ses lévres humides.
Pour achever d'abbattre un Rival malheureux,
Chloris lui plonge encor les ongles dans les yeux.
Helas! que fera-t'il dans ces revers extrêmes?
Sa force l'a quittée, ses bras tombent d'eux-mêmes,
Et son sort ne lui laisse au milieu de ses maux,
Que d'inutiles vœux & de tristes sanglots.
Quelle étoile a réglé l'instant de ta naissance?
Malheureux! tes plaisirs, ta plus douce espérance,

Par de cruelles dents ſont déja moiſſonnés :
Tu vois encor, tu vois tes membres décharnés,
& tes lauriers tranchés par l'ongle d'une femme,
Tandis que ta Chloris triomphe dans ſon ame
D'avoir ſçu dégager de tes liens laſcifs
Ses membres délicats que tu tenois captifs.
Là cependant Myrtile un linge en main s'empreſſe
D'étancher la ſueur du Sein de ſa Maîtreſſe.
Plus loin ſur un ſopha, le cœur gros de ſoupirs,
Abbatu non dompté, toûjours plein de deſirs,
Lygdame qui du choc ne reſpiroit qu'à peine
Rapelle ſa vigueur, & reprend ſon haléne;
Tantôt dans le tranſport de ſes ſens agités,
Il cherche ſur ſon front ſes cheveux emportés;
Tantôt avec la main il interroge & ſonde,
D'une cuiſſe ou d'un bras la bleſſure profonde,
Et tantôt laiſſe errer ſes regards dédaigneux.
D'un ſuperbe Lyon tel eſt le trouble affreux,
Lorſque dans un déſert hériſſé de brouſſailles,
Théatre coutumier de ſes nobles batailles,
Il a long-tems lutté contre un Tigre en fureur;
Après les jeux cruels d'un combat plein d'horreur,
Le farouche animal ſous l'ombrage tranquile
D'un hêtre ou d'un ſapin, ſon maternel azile,
Haletant, eſſoufflé, ſur ſon dos étendu,
Se remet à loiſir du ſang qu'il a perdu.
Là dans le noir accès de ſa jalouſe rage,
Qu'anime d'un Rival l'odieux avantage,
Il léche ſes longs crins hériſſés & ſanglans
Du ſang qui coule encor de ſes énormes flancs.
La paix céde au travail qu'un nouveau jeu raméne;
Chloris de ſa victoire inſolente & hautaine,

Dans le plaisir malin d'insulter au vaincu,
Cherche un nouvel éclat à sa mâle vertu.
Impudente Venus, Gitonne audacieuse,
D'un spectacle profane Actrice frauduleuse;
Le postique Visage insolemment tourné
En face du Lutteur surpris & consterné,
A l'outrage mêlant le geste & la gambade,
De son Anticelulle elle offre la façade.
Frappé de cet objet qui le met en fureur,
Et rallume en ses sens une nouvelle ardeur,
L'Amant, pour s'élancer, fait deux pas en arriere,
Et d'abord saisissant sa Venus par derriere,
S'empare du détroit de ses deux Monts Gémeaux,
Et dans l'enfoncement de leurs sommets égaux,
Plante le Sceptre heureux du bouillonnant Priape.
L'Amazone troublée au coup dont il la frappe:
Des Doüegnes par ses cris reclame le secours:
Ces Circés, à sa voix, précipitent leurs cours.
Perfide, dit Climene, où va ton impudence?
Où prétens-tu grimper? quitte cette éminence:
C'est un lieu que Cypris deffend à tes regards,
Va, va porter ailleurs tes sacriléges Dards,
Et descens dans l'Arêne où la gloire t'appelle.
Les Doüegnes se prêtant une main mutuelle,
L'arrachent à l'envi du poste deffendu,
Que tâchoit d'emporter son V... toûjours tendu.
Race de ce démon que frappa le tonnere,
Lorsqu'à l'humaine espéce il déclaroit la guerre,
Reste impur des Typhons, de la Terre excrémens,
Indigne de nos feux, & des contentemens
Qu'aux cœurs bien enflammés un sage Amour aprête;

Fuis, fuis loin de ces lieux, lui crie à pleine
tête,
La charmante Chloris, qui flattoit de la main
Son Cul déja saisi d'un tremblement soudain.
Il se rit des discours, il se rit des reproches;
Son V . . . qu'ont enhardi ses dernieres approches,
Paroît de plus en plus terrible & monstrueux,
Enflé par les vapeurs du coteau sourcilleux,
Il semble en son volume un bastion énorme,
Et d'un tronc dépouillé portant la vaste forme,
Presente aux yeux surpris un horrible arcboutant.
Il est tel qu'il pourroit mesurer en f. . tant
Les immenses replis de la Vulve profonde,
Qu'ouvre dans ses ébats la Déesse de l'Onde,
Du viel C . . . de Cerés sonder les noirs cachots,
Et d'un Sperme Fécond inonder à grands flots
La Matrice & les flancs de la nature entiere,
Au point de concevoir ces globes de lumiere,
Ces pésans tourbillons, & ces corps radieux
Que leur activité fait mouvoir dans les Cieux,
Les foudres de l'Olympe, & ces affreux tonnerres,
Qui dans les airs émus semant d'horribles guerres,
Viendront détruire un jour l'accord des Elémens,
Et du monde ébranlé frapper les fondemens.
Telle étoit pour signal d'une guerre fatale
A la suite de Mars la trompe Colossale
Du Monstre Lybien, qui marchant au travers
Des monts par le vinaigre & par la flamme ouverts,
Porta d'un pas terrible aux champs de l'Hesperie
Le superbe Annibal venant avec furie
Briser le Capitole, & cacher sous ses tours
Rome & tous les Romains qui trembloient pour leurs jours.

Le Guerrier étonné contemple le prodige
De fon V . . . qui par bonds en Coloffe s'érige.
Les regards attachés fur cet objet flatteur,
Chloris en fait paffer l'appas jufqu'à fon cœur,
Et déja s'applaudit a l'afpect d'un orage,
Qui menace fes fens d'un aimable naufrage;
Craignant qu'un faux dehors ne fafcine fes yeux,
Elle ofe s'aprocher d'un air myftérieux,
Et va toucher la bête à l'épaiffe criniere:
L'animal qui la fent leve fa tête altiere,
Ecume, fe mutine, & frémit de fureur.

Cependant le tein blême & l'œil plein de douleur,
Refolu de confondre une audace trop vaine,
Lygdame fe prefente au milieu de l'Arêne,
Et là, tel qu'on l'a vû, fanglant, défiguré,
Il tourne vers les Cieux le déplorable refte
D'un Vifage meurtri par une ongle funefte,

Fille des flots, Déeffe à nos douleurs fenfible,
De l'un & l'autre Amour Mere douce & paifible;
Toi qui vois dans Paphos les timides Mortels
Humblement profternés aux pieds de tes Autels,
A qui dans le fecret de fes retraites fombres,
L'Idalie a voüé fon filence & fes ombres:
S'il eft vrai que Lygdame à la fleur de fes ans
Combatte avec honneur fous tes drapeaux flottans:
Si les tendres plaifirs qu'on goûte fans allarmes,
Si les Ris & les Jeux ont pour toi mille charmes,
Defcends du haut du Ciel, & regarde en courroux
Ce front & ces cheveux, ces morfures, ces coups,
Trop fidéles témoins du malheur qui m'opprime:
Chloris en eft l'auteur, qu'elle en foit la victime;

Venus qui par ses loix proscrit la cruauté,
D'un infléxible cœur ne fait point vanité.
On ne te vit jamais à toi-même contraire,
Meurtrir ton cher Troyen d'une dent sanguinaire,
Quand près du Simoïs dans les champs Phrygiens,
Il s'unissoit à toi par les plus doux liens:
Tu te montres toûjours à ton Mars accessible,
Encore qu'il paroisse avec un front terrible,
Qu'il raporte à tes pieds de l'horreur des combats;
Ton amour empressé le reçoit dans ses bras,
Sa fiere pique en main, hideux & tout farouche
Du carnage & du sang que respire sa bouche.
Quelquefois dans son champ au milieu des hazards,
Tu prends de doux ébats sur des monceaux de dards,
Mêlant à ces traits teints des membres du Sarmate
Mille & mille baisers où la tendresse éclatte.
Ma barbare adversaire au mépris de tes loix,
Enfonce dans ma chair & ses dens & ses doigts:
Oüi, tout nud que je suis, couvert de cicatrices,
Quand je cherche l'azile où regnent les délices,
L'ingratte me repousse, & m'en ferme l'accès:
Par des excès plus grands reprime ses excès,
Et souffle dans son Sein ces fureurs vangeresses
Qui rangent sous ton joug les plus fieres Tigresses;
Ou plû-tôt prête-moi, Mere de Volupté,
Prête-moi le secours de ta Divinité,
Pour forcer de ce cœur la dureté rebelle.
Si par tes traits puissans je dompte la cruelle,
Si le succès reponds à mes tendres souhaits,

Reçois dès-lors, reçois le vœu que je te fais
De voyager par-tout où Venus adorée
Voit par de purs encens sa gloire consacrée.
J'oserai visiter les rivages heureux
D'Amathonte, séjour des soins voluptueux,
Cos, où dans un tableau tracé des mains d'A-
pelles
Tu respire du Ciel la lumiere immortelle,
La Sicile ou l'Erix sur ses sommets dorés
T'éleve des Autels de mille fleurs parés,
Et Cythere où l'éclat de ta naissance illustre
Semble encor à ses bords donner un nouveau
lustre.
Sous l'apareil pompeux d'un Pélerin vanté,
Le scapulaire au col & la gourde au côté,
Et le bourdon en main, paré d'une guirlande,
A ton Temple j'irai te porter mon offrande,
Et rendre un humble homage à tes charmes Di-
vins ;
J'irai sur tes Autels repandre à pleines mains
Des roses & des lys, heureux presens de Flore,
Que le Ciel te destine, en les faisant éclorre ;
De mon encens brûlé les humides vapeurs
A ton Trône élevé porteront leurs odeurs,
Et tes Temples ornés de festons magnifiques,
Feront voir suspendus à leurs fameux Portiques,
D'un triomphe commun, monument reveré,
L'image d'un Priape en cire figuré.
Quelle erreur, dit Chloris, qu'elle erreur te
fait croire
Que Venus dédaignant l'intérêt de sa gloire,
Pourra prêter l'oreille à des vœux insensés,
Et voudra, pour servir tes desirs empressés,
Livrer son Sexe même en proye à ton caprice,
Chloris sur-tout Chloris voüée à son service.
La Déesse, crois-moi, tranquille dans les Cieux,

Se fait de ta disgrace un jeu malicieux,
Et tes vœux sont pour elle un sujet de risée.
Si pourtant par Venus ta priere exaucée,
De son Divin secours peut flatter ton espoir :
Qu'elle arme contre moi sa force & son pouvoir,
Et vienne sous son nom me declarer la guerre;
Ce qu'elle est dans les Cieux, je le suis sur la Terre.
Mais Venus entendant ce discours plein d'orgueïl
Prepare à son audace un sinistre cercueïl ;
Elle inspire au Guerrier une vigueur nouvelle,
Et prête à ses desseins sa puissance immortelle.
Déja les Combatans après un court repos,
Volent d'un pas rapide à des combats nouveaux;
L'un sans cheveux au front, horrible, épouvantable,
Et le Membre dressé, toûjours inéxorable ;
L'autre pleine d'appas, les Tetons rebondis,
Et flottans sur son Sein aussi blancs que les lys :
Ils se heurtent l'un l'autre, & leurs bras se confondent,
Les lambris agités à leurs assauts repondent,
Et les Doüegnes témoins de ces chocs effrayans,
En sentent dans le cœur tous les coups foudroyans.
Tels sont deux fiers Taureaux dans les gras pâturages
Que bordent du Strymon les fertiles rivages,
Quand du premier combat l'Armistice expiré
A ramené l'horreur du meurtre differé,
Plus vîte qu'un tonnerre entraîné par sa chûte,
Les fiers animaux retournent à la lutte,
Et par le bruit confus de leurs coups redoublés,
Font retentir les champs sous leurs pas ébranlés.

Le Berger qui les voit d'une roche prochaine
N'ose pour les calmer descendre dans la plaine ;
Tout le Troupeau, qu'émeut ce spectacle touchant,
A leurs chocs mutuels repond en mugissant :
Et le bois étonné craint leurs cornes brûlantes.
Soigneux de se soustraire aux atteintes sanglantes
Des ongles de Chloris dont il est menacé,
Lygdame dans son cours promptement élancé,
Des chaînes de ses bras veut serrer sa Maîtresse,
Et repousse ses mains qu'elle oppose sans cesse ;
Mais Chloris éludant le rusé Combatant,
Fuit avec soin les liens & les nœuds qu'il lui tend.
La bataille s'échauffe, & leur ardeur s'irrite,
Un dêpit violent les pousse & les agite,
D'une égale fureur ils s'animent tous deux ;
Point de fin, point de paix, point de relâche entre eux.
Ils parcourent d'abord d'un mouvement rapide
Lit, chaises & fauteuil, & toute espace vuide.
Tour à tour à la charge on les voit revenir :
L'un s'efforce d'atteindre, & déja croit tenir,
L'autre avec art lui céde, & de ses mains échappe,
Chloris fuit, & bien-tôt Lygdame la ratrappe ;
Leur voix dès-lors se taît, de peur qu'un vain discours
De leur brûlant travail n'interrompe le cours.
Le feu sort de leurs yeux, leur visage s'allume,
Leur bouche se remplit d'une sanglante écume,
La rage de leur cœur s'empare avec éclat,
Et leur corps reste en proye au demon du combat :
Leurs os, en se choquant, d'un bruit sourd retentissent,

Leurs membres confondus, en se pressant, frémissent,
Et comme les clairons & les signaux de Mars
Excitent les Guerriers à l'aspect des hazards,
Les élans embrâsés de leur frequente haléne,
Les longs frémissemens qu'ils poussent avec peine,
Et les efforts hardis de leur mâle vigueur,
Du dépit qui les presse animent la fureur.
L'Athlete, pour dompter sa Rivale indocile,
Ne trouvant dans ses bras qu'une force stérile,
De divers mouvemens emprunte le secours;
Il la promene exprès de détours en détours,
Et lui faisant décrire un nouveau labyrinthe,
Il la rend le joüet de l'art & de la feinte;
Puis dans un tourbillon rapidement porté,
Il l'entoure deux fois d'un cours précipité,
Et du choc de Priape alors qu'il la menace,
De son corps qu'il saisit il enchaîne la masse.
La Belle se confond & ses dents & ses mains,
Instrumens de fureur, aiguillons inhumains,
Sont enfin devenus des armes inutiles.
Ses membres enchainés sont malgré eux tranquilles,
Et d'ailleurs le visage obliquement tourné,
Lygdame à ses fureurs n'est plus abandonné.
De mes cheveux, dit-il, victimes de ta rage,
Et de mon front sanglant expie enfin l'outrage;
Venus ressent les maux d'un Amant opprimé,
Et pour me secourir son courroux s'est armé.
Vers l'Alcolve à ces mots le Lutteur en colere
D'un bras victorieux pousse son adversaire;
Mais Chloris tenant bon contre son fier Rival,
Ils chancellent tous deux panchés d'un poids égal.
Tels sur le Mont Ida sont deux Cyprès sublimes,

Qui voiſins l'un de l'autre entrelaſſent leurs ci-
mes,
Lorſque des flancs profonds du Nord & du Mi-
di,
Avec grand bruit contre eux lancés d'un vol
hardi,
Deux Vents, freres mutins, furieux adverſaires
Les battent à l'envi par des ſouffles contraires:
Juſqu'en terre d'abord leurs fronts ſemblent baiſ-
ſés;
Mais par leur propre poids vers le Ciel redreſſés,
Ils reprennent bien-tôt leur aſſiette premiere.
Enfin Chloris s'ébranle, & retourne en arrie-
re;
Lygdame l'entraînant ſous le poids de ſon corps,
Bien-tôt du fatal lit lui fait toucher les bords:
Alors entre la couche & ſon ventre placée,
Ainſi qu'entre deux ais il tient Chloris preſſée.
Quel coup peut déſormais, jeune & vaillant
Lutteur
Ravir le laurier conquis par ta valeur?
La Victoire pour toi s'ébat à pleines aîles,
Et promet à ton front des palmes immortelles.
Devant tes pavillons tu vois, tu vois couchés
Les drapeaux de Chloris de ſes mains arrachés.
Courage, cher ſupôt de l'amoureux Empire,
Transperce un ennemi qui déja ſe retire,
Et d'un pas triomphant eſcalade ce fort
Dont tu viens de ſaiſir le difficile abord.
Lygdame auroit tout vû céder à ſon audace,
Et du premier aſſaut eût emporté la place;
Mais par un prompt retour de ſon activité,
Sa Rivale ſous lui ſe tourne de côté:
D'un effort imprévû ſes cuiſſes enlaſſées,
Et l'une contre l'autre étroitement preſſées,
Aux traits de l'Aſſaillant oppoſent un rempart,

Et couvrent le Château d'un nouveau boulevart.
A l'aspect de ce mur, barriere si fatale,
Obstacle qui retient son ardeur Martiale,
Le jeune Athlette emprunte, au deffaut de ses bras,
D'un discours enchanteur & la force & l'appas,
Et les tendres accens d'une plainte touchante,
Dont il prétend fléchir le cœur de son Amante.
Faisons tréve, dit-il, à nos emportemens,
De Rivaux obstinés, redevenons Amans,
Assez de sang, Chloris, a durant notre guerre
Signalé nos fureurs & soüillé cette terre :
Fléchissés, fléchissés un aveugle courroux,
Ne vous refusés pas aux transports les plus doux,
Et des jeux de Cypris permettés-moi l'usage,
A moi qui de vos dents ai soutenu l'orage :
Votre honneur désormais ne craint plus de revers,
Mes membres par vos mains de blessures couverts
Vous ont-il pas donné la premiere victoire,
Et de mon propre sang cimenté votre gloire ?
Souffrés donc que ma main cueille un second laurier,
Après que vous avés moissonné le premier.
Oui vous avés vaincu, mais laissant vaincre un autre,
Mon triomphe sera moins le mien que le vôtre.
Craignés d'être invincible aux dépens des plaisirs,
Et sur vos sentimens consultés vos desirs.
Non, je n'implore point un cœur dur & sauvage,
Une affreuse Tygresse avide de carnage,
En Nymphe trop aimable un monstre transformé ;

J'implore Chloris même, objet vrayment aimé,
Et que je tiens ſerré de chaînes prétieuſes ;
Je pourrois déranger vos treſſes gratieuſes,
Je pourrois rejetter ſur votre Sein fleuri
L'amertume des coups dont vos bras m'ont meurtri,
Et ravager ces lys & ces boutons de roſe,
Où ſur votre beau Sein le tendre Amour repoſe ;
Mais j'aime mieux ſouffrir, j'aime mieux pardonner,
Qu'aux douceurs de punir jamais m'abandonner,
Que de defigurer par des marques ſanglantes
Cette bouche, ce front, ces paupieres brillantes,
Et ces Tetons, ma joye au milieu de mes maux,
Ces Tetons exercés par mille & mille aſſauts ;
Je baiſerai plû-tôt vos yeux remplis de charmes,
Et ces globes de neige à qui tout rend les armes ;
Vous gorge, vous beaux yeux, vous viſage vermeil,
Recevés les baiſers d'un Amant ſans pareil.
Ces baiſers ſont pour vous, yeux, Soleils favorables,
Ces baiſers ſont pour vous, Tetons gemaux aimables,
Ces baiſers ſont pour vous, lévres, brillant Corail,
Et ces autres pour vous, Tein plus beau que l'Email :
Ce ſont là les fureurs, ce ſont là les morſures
Dont je prétens ſur vous laiſſer les meurtriſſures.

A ces mots, quelle ardeur ! autant que ſur ſes bords

Le Pactole opulent fait briller de thrésors ;
Autant que le jardin des tendres Hespérides
Porta de fruits dorés dans ses vergers splendides,
Et qu'aux jours du Printems la Pouille voit de fleurs
Emailler ses gazons de diverses couleurs ;
Autant sur son Visage où brille la Jeunesse,
Autant sur son beau Sein, Trône de la tendresse,
Lygdame plein de feu entasse de baisers.
Chloris de ces douceurs affronte les dangers,
Bien que ses doigts captifs trahissent sa querelle,
Qu'elle sente un Priape instrumenter sur elle,
Toûjours à son Lutteur elle ose resister,
Regimbe aux tendres coups qu'elle se sent porter,
Et detourne en fureur le Visage & la tête.
Après qu'un court relâche eut calmé la tempête ;
N'espere pas, dit-elle, infâme seducteur,
Me prendre au piége adroit d'un langage flatteur :
Ah ! je puis triompher de tes vaines caresses ;
Envain, envain Venus, le fleau des Déesses,
L'impudique Venus, la Coquette des Dieux,
Entraînée au torrent de tes perfides vœux,
S'éloigne du séjour de la Voûte azurée,
Et suggére à ton ame aux fourbes preparée
La feinte, les transports & les déguisemens
Que son Amour employe à flatter son Amant.
De sa faveur sur toi je reconnois la trace,
C'est elle qui t'inspire & la force & l'audace,
Et qui tient par tes mains mes membres enchaînés,
Ne crois pas voir pourtant tes projets couronnés,

Ne crois pas arriver au lieu que tu deſires,
Vers ce lieu fortuné vainement tu ſoupires.
Si mes dents ni mes mains ne peuvent rien pour
moi ,
Il me reſte des traits qui ſuffiront pour toi.
De mes genouils croiſés le boulevard ſolide
Peut ſeul me ſoutenir contre un Guerrier perfide.

En cet inſtant Lygdame plein d'un nouveau
dépit ,
Pouſſe, tonne, menace, éclatte, ſe roidit,
Et tâche d'entrouvrir les jointures preſſées
Des Cuiſſes de Chloris malignement croiſées :
Inutile travail, effort vain & ſans fruit,
Il ſe trouve épuiſé ſans avoir rien produit.

Mais Venus s'irritant de l'affreuſe inſolence
Dont l'altiere Chloris a bravé ſa puiſſance,
De haine & de courroux ſe ſent le cœur épris,
Quitte, pour ſe vanger, les Céleſtes Lambris,
Et ſous l'obſcur manteau d'un humide nuage
Qui voile aux yeux mortels l'éclat de ſon Viſage ;
Elle aborde la chambre, & marche ſans éclat
Juſqu'au lit, le théatre & le champ du combat.
Alors d'un doitg trempé dans l'humeur inteſtine
Qui coule du canal de ſa Vulve Divine,
Elle offre à l'odorat de l'Athlete abbattu
Un Philtre tout-puiſſant par ſa prompte vertu,
Médicament nitreux, eſſence ſulfurée,
Que ne peut ſoutenir l'Epoux de Cythérée.
Dès que Vulcain ſe ſent parfumé de ce jus,
Le corps en rut, les nerfs allongés & tendus,
Il s'enfuit à Lemnos, brûlant d'un feu lubrique ;
Là, d'un air furibond entrant dans ſa boutique,
Il iroit enc . . . . les Cyclopes tremblans ,

S'ils ne se déroboient à ses accès brûlans.
Déja du chaud Nectar l'immortelle fumée
Sortant à longs replis de sa Couille enflamée,
Et de son V... qui heurte & par haut & par bas,
Des Spectateurs troublés frappe les odorats;
Ainsi que les encens qu'aux plaines Arabiques
Brûlent sur leurs Autels cent Prêtres Fanatiques,
Ainsi que les parfums des précieux arbrisseaux
Qui couvrent de l'Oreb les fertiles côteaux,
Tandis que dans les airs Zephire se promene
Ou sur le Sein de Flore agite son haléne;
Et tels du haut Liban les bois délicieux
Distillent dans les airs leur baume précieux.
Les Penates tapis dans leur foyer paisible
Se sentent pénetrés de ce Philtre invisible,
Et de l'air d'alentour absorbent la fraîcheur,
Dans un gouffre embrâsé d'écume & de chaleur.
Tout prend feu; les rideaux, les draps, les couvertures,
Les planchers, les fauteüils, les tapis, les fourrures.
L'Amazone livrée à la démangeaison
Sent toutes les ardeurs d'un caustique poison;
A force de gratter la Doüegne se déchire,
Tout Mâle en ce logis après le C... soupire.
Miracle enfin nouveau, prodige inattendu!
L'imperceptible F... est partout repandu.
Mais Lygdame surtout, le boüillonnant Lygdame
A qui le suc Divin avoit pénétré l'ame,
Avoit de veines en veines avec son sang mêlé
Dans ses nerfs, dans ses os rapidement coulé,
Lygdame enfin s'avance, & se met en posture,

Terrible & revétu de toute ſon armure.
Mille chaînes de fer avec leurs nœuds d'ai-
raim
Pour ce nouvel Athlas ſeroient un foible frein,
En vain les fiers Titans, & leur horrible eſ-
corte
Oppoſeroient pour digue à l'ardeur qui l'em-
porte
Et l'Olympe & l'Oſſa l'un ſur l'autre entaſ-
ſés,
Avec tous leurs rochers par monceaux ramaſ-
ſés,
Pour foûtenir le choc de ſes fougues altiéres,
Les montagnes ſeroient d'inutiles barriéres.
Il attaque combat, tonne, écume, frémit,
Pouſſe, preſſe, ſoutient, brûle, ſouffle, gémit,
Tourne, écarte, repouſſe, & ſans relâche agite
Au branle des planchers l'Amazône interditte.
Tandis qu'elle s'oppoſe à ces tranſports fou-
gueux,
Et remet ſes eſprits de leur deſordre affreux,
Les mains entre ſes flancs & ſes cuiſſes paſ-
ſées,
Et juſques ſur ſa Motte heureuſement gliſſées
Lygdame la ſouleve, & d'un prompt mou-
vement
Sur la rive du lit la porte adroitement.
Là, ſous ſon Ventre nud la tenant renverſée,
Ce Guerrier à l'aſſaut monte Pique dreſſée :
Venant à découvrir entre d'obſcurs détroits,
Dans un Vallon humide, au fond d'un ſombre
bois,
Du canal des plaiſirs l'embouchure charman-
te,
Dont les bords revêtus d'une gaze éclattante,
Sont toûjours humectés par des flots de Nectar,

Dans la Fente vermeille il enfonce ſon Dard,
Horrible, vaſte tronc, poutre immenſe, effroyable,
Q'aucune main jamais ne trouva maniable.
Déja la bréche faite, il ſe ruë au travers
Des portes & des ſeüils de toutes parts ouverts :
L'irrévocable trait, le trait à triple face,
Fond, vole, & s'avançant par de libres eſpaces,
S'engouffre juſqu'au poil dans l'abime profond,
De la vaſte Matrice il penétre le fond,
Et renverſant des nefs les charnelles murailles,
Court ſe précipiter par de-là les entrailles :
On entendit craquer les tendres oſſemens,
Et l'Antre retentit d'un doux gemiſſement.
L'Héroïne, à ces coups, plus ferme & plus terrible
Reſiſte, ſe deffend, montre un cœur invincible,
Et tant que le dépit, le courage & la voix,
Et le ferme rempart de ſes cuiſſes en croix
Peuvent la ſoutenir ; elle s'ébat, menace,
Et contre ſon Rival s'éleve avec audace.
Mais ces bonds furieux ſont comme autant de pas
Qu'elle fait vers l'inſtant marqué pour ſes ébats.
Tandis qu'opiniâtre, indocile, enragée,
Elle deffend l'abord de la Place aſſiégée ;
Sa reſiſtance même, & ſon courroux brûlant,
Applaniſſent l'entrée au Dard de l'Aſſaillant,
Chaque trait repouſſé lui fait une bleſſure
Qui de l'Antre profond élargit l'ouverture.
C'eſt ainſi que s'agite aux Climats Afriquains,
Une horrible Lionne, effroi des champs voiſins,
Lorſque dans ſon repaire elle ſe ſent preſſée.

Par l'éguillon fatal d'une lance enfoncée.
La bête furieuse à l'aspect de son sang
Ressent bien moins le trait qui lui perce le flanc,
Que l'irritant depit de sa triste impuissance ;
Tandis que dans sa chair le javelot s'avance,
De la dent & de l'œil menaçant le Chasseur,
Elle éclatte, bondit, s'élance avec roideur,
Et reçoit plus avant le fer qui la déchire.
L'Amant plein d'une ardeur que le succès inspire,
Aux lévres de Chloris cueille mille baisers,
Du Dédale amoureux parcourt les doux sentiers,
Et livré sans retour au feu qui le devore,
S'escrime de son Dard, frappe & refrappe encore.
Sa Rivale gémit à ces terribles coups,
Et sentant que l'Amour a vaincu son courroux,
Déja teinte du suc de la Verge empourprée,
Déja l'air caressant, & la vûë égarée,
Elle s'en veut d'avoir resisté si long-tems,
Et taxe de rigueur ses ongles & ses dents.
Lygdame alors s'arrête, & soit que par la vûë
Le plaisir en son cœur trouve une libre issuë,
Il regarde Chloris, il contemple ses yeux,
Phénomenes brillans, Phosphores radieux.
Il contemple sa bouche & ses lévres de roses,
Et de son tein vermeil les fleurs toûjours écloses ;
Par ce Divin regard rempli d'un feu nouveau
Il recommence un jeu qui lui semble si beau,
Et redouble à grands coups ses secousses hardies.
L'Amazone saisit de si tendres saillies,
Et dans un beau transport goûte, avale à longs traits
Un torrent de douceurs & de charmes secrets.

Déja les deux Amans embrâſés de luxure,
Savourent des plaiſirs l'amorce la plus pure,
De tendreſſe & d'Amour leurs cœurs ſont enflammés,
Et d'une vive ardeur leurs regards allumés,
Chaque coup produiſant une bleſſure aimable,
Fait paſſer en leur ame un charme inévitable,
Et le délire heureux de leurs ſens enchantés
Les plonge tous entiers au ſein des Voluptés.
Cependant du Guerrier les forces dépériſſent,
Déja ſon tein flétri, ſes yeux qui s'obſcurciſſent,
Ses ſouffles redoublés, les élans de ſa voix
De l'amoureuſe lutte annoncent les abois.
Dès qu'il ſent expirer ſa joye & ſes délices,
A ſon aide appellant de nouveaux artifices,
Donne, donne, dit-il, la langue à ton Amant,
Perfide. Elle obéït, & fond rapidement
Sur l'Email embrâſé de ſes lévres mourantes,
Elle cueïlle ſes vœux, ſes tendreſſes preſſantes,
Et les brûlans ſoupirs de ſon cœur immolé.
Lui, d'un tendre lien ſur ſa bouche colé,
Dans ſes flancs échauffés, dans ſon Sein tout de flâme
Verſe à flots boüillonnans ſon tonnerre & ſon ame.
Pénétrée au-dedans ce Foudre fondu,
Chloris ſent tout d'un coup ſon corps roide & tendu,
Et dans ſes bras croiſés tenant ſon Adverſaire,
D'une fougueuſe chaîne elle l'étreint, le ſerre,
Et le terraſſe enfin. Le chaud & tendre Amant
Reſté preſque ſans voix, ſans poux, ſans mouvement,
Saiſi du froid mortel de ſa vigueur éteinte,
Et du nœud qui les joint lâchant la douce étreinte,

Ceſſe, ceſſe, dit-il, perfide, je me meurs.
A ces mots il ſuccombe à ſes tendres langueurs,
Et pâmé des excès d'une amoureuſe joye,
Devenu de ſon feu la victime & la proye,
Il tombe péſamment ſur le Sein de Chloris,
Sa parole auſſi-tôt fuit avec ſes eſprits,
Et ſon dernier ſoupir imite un coup de foudre.
Non, dans un tel déſordre on ne ſauroit reſoudre
Qui des deux reſte enfin ou vainqueur ou vaincu,
Chloris a ſuccombé, Lygdame eſt abbatu,
Et la Victoire étend ſes aîles incertaines.
Vous, qui de l'Univers tenés en main les rênes,
Qui la Couronne au front ſur les Thrônes aſſis,
Réglés tous les Mortels à vos loix aſſervis,
Vous Rois, vous Souverains, quel démon vous anime,
Par quel fatal amour du déſordre & du crime
Traînés-vous vos Sujets dans l'horreur des hazards?
Pourquoi leur faites-vous ſur les traces de Mars,
Eſſuyer des dangers, des morts & des ravages?
Pourquoi rougir les champs de meurtres, de carnages,
Etonner les Cités par des bruits éclattans,
Et dans des flots de ſang plonger les Habitans?
Voulés-vous reprimer ces guerres aſſaſſines,
Du monde chancelant reparer les ruines,
Et ramener la paix chez les triſtes humains?
Retenés, retenés vos ſanguinaires mains,
Et tournés vos regards ſur nos Chants Poëtiques;

Ce ſont là les combats & les ſiéges uniques
Que vous devés, ô Roys, méditer nuit & jour.
Enfans trop fortunés, chers ſupôts de l'Amour,
S'il eſt vrai qu'en ces tems les filles de mémoire
Ne nous ont point donné pour chanter votre gloire
De fragiles archets, & des ſons impuiſſans,
Ni couronné nos fronts de lauriers indécens,
Vos ſacrés noms écrits dans les faſtes des âges,
Des ans injurieux braveront les outrages,
Et les Muſes pour vous animant leur pinceau,
Vous feront triompher de l'oubli du tombeau.
Tant que des Nations à ſes pieds enchaînées
La France réglera les hautes deſtinées,
Des deux mers ſous ſes loix verra les flots unis,
Que l'Aigle & le Lyon rendront hommage aux Lys,
Chloris & ſon Rival, les Vers & le Poëte
Vivront & du Lethé fuiront l'Onde muette.
Jamais Pentheſilée au pied des murs Troyens,
Combattant contre Achille à la face des ſiens
Ne ſe verra chanter ſur un ton plus ſublime;
Jamais ſur les remparts de la haute Solime,
Tancredes menaçant & Clorinde en fureur
Clorinde dont la Terre a pleuré le malheur,
Oſant par les éclairs du fer & de la flamme
Deffendre de leurs jours la précieuſe trame,
N'auront pour célébrer leur courroux généreux
Des accords plus hardis & des ſons plus pompeux.
Admirant quelque jour ce merveilleux ouvrage,
Ce Combat monument & d'Amour & de rage,

Nos Neveux attendris par de si doux accens
Du Cygne Mantuan négligeront les chants.
Et moins éclattera cette guerre fatale,
Et ces combats livrés dans les Champs de Pharsale,
Où jadis les Romains ennemis des Romains
Pour leur propre ruine armoient leurs tristes mains.

C'est ainsi qu'aux beaux jours de ma vive Jeunesse,
Tenant audacieux des joûtes de Cypris,
Je montrois en luttant ma force & mon adresse,
Toûjours sûr d'emporter la couronne & le prix.
Mais quel demon jaloux enchaîne mon courage?
Infortuné Guerrier, je languis sans vigueur.
Ma Pique dans mes mains ne m'est d'aucune usage,
Sa triste vûë accroit ma honte & ma douleur.

Un jour que de Venus l'amoureuse trompette
M'appelloit au Combat sous ses brillans drapeaux :
Reste, dis-je tout bas, reste débile Athlete,
Tu n'es plus propre aux jeux qu'on célébre à Paphos.
Que sont donc devenus les traits de mon visage?
Mon air si furibond par l'âge est effacé,
Et mon miroir aulieu de ma premiere image
N'offre à mes yeux mourans qu'un phantôme glacé.

Tout a changé de face en mon malheur extrême,

J'ai beau me rappeller ce qu'autrefois je fus,
Sans pouvoir me trouver, je me cherche moi-
même
C'en est fait, on m'ignore, & je n'existe plus.

ELEGIA.

Sparsa mihi gelidis variantur tempora canis,
Desiit, heu! fervens impetus ille meus;
Non animi non exta furunt, minus urget Apol-
lo,
Ipse mihi videor passibus ire minor.
Omnia cessarunt annis domitata superbis,
Ora, manus, oculi, pectora, crura, pedes.
Tu quoque formosis toties laudata puellis,
Tu quoque, proh facinus! mentula lenta
jaces.
Eheu! lenta jaces miserè pars optima nostri,
Optima pars ægros apta levare thoros,
Quæ potes afflictas reparare propagine terras,
Quæ genus omne novas, quæ genus omne
beas;
Quæ mihi per totas vigilabas incita noctes,
Quæ mihi guttatim gaudia longa dabas.
Prima quies thalami, nuptarum prima vo-
luptas,
Prima Pharetrati sollicitudo Dei,
Prima capillatæ dulcedo, saporque juventæ,
Prima puellaris cura, laborque manus,

Primus amor puero, primum solamen adulto,
Prima lacertoso cuspis & hasta viro:
Cætera cessarent, constans tu sola maneres,
Nulla mihi misero justa querela foret.
Sed queror, & justæ veniunt ad plecthra querelæ,
Omne bonum nutu statque caditque tuo.
Tu sceptrum quo vita valet, quo gaudia regnant,
Tu vigor & robur, tuque virilis honor,
Tu mihi curarum requies, tu mascula virtus,
Tu mihi præcipuum, magnificumque decus.
Felices homines longo quibus arrigis ævo!
Hos ipsos animus cœlicus intus agit;
Hos opifex rerum meliori condidit agro:
Nos sumus argilæ deterioris opus,
Nos aliæ struxere manus, nos fallimur usu,
Dum cadis, & recto vertice stare negas;
Me miserum! qualis nunc es mea mentula qualis?
Dum video, doleo dicere qualis eras.
Hoc quoque dat querulo voces, gemitumque dolori,
Quod breve non fueras, nec mihi germen iners.
Ah! mihi qualis eras, quæ vis, quæ forma, quis ardor!
Largiti dederant munera magna Dii.
Spumea, torva, ferox, semperque ferire parata,
Ire minans semper, fortiter ire minans:
Cum caput extuleras, cum tensâ mole rigebas,
Quæ totam caperet vix fuit ulla manus,
Cum dulces aditus peteres, cum functa redires
Quæ non laudarit, nulla puella fuit.

Cum te penſaret, ſtupuit mammoſa Lycoris,
Cum te vidiſſet Magdala, dixit io!
Te memorant Braccata Chloes, te Philis & Ægle,
Philis adhuc nimio vulnere tacta dolet.
Si fuit immotâ ſolidum compagine limen
Haud impellenti reſtitit ullus obex.
Quæ ſic murales impegit machina turres?
Aut aries durum vertice fregit opus?
Tunc ego Pergameos potuiſſem ſternere muros,
Tunc ego perfoſſum frangere victor Athon.
Ah! ubi deſiſti, digitis tractabile fulmen,
Fulmen quo quondam Jupiter alter eram.
Nunc vapor exilis, magni nunc fulminis umbra,
Nunc levis & dempto frigidus igne cinis:
Te quondam moles, te robur ad aſtra ferebant:
Tunc ibam plenus dotibus ipſe tuis.
Nulla dies, nec ſtrage tuâ, nec laude vacabat;
Victor erat ſemper, te duce, noſter amor.
Excitor è multis unum memorare triumphum,
Tempora lætitiæ ſæpe referre juvat.
Præſentis medicina mali ſit capta voluptas,
Et dolor à geſtis ſæpè levamen habet.
Non vos Aoniæ pudeat, mea numina, Muſæ,
Dicere non caſti molle laboris opus.
Turpe nefas ſemper non eſt humana libido,
Et ſuus in blandis eſt quoque rebus honos.
Eſt aliquid feciſſe aliquid, quod carmina dicant,
Quodque viri faſtis nomen habere ſinant.

PROVOCATIO AMATORIA
LYGDAMI
ET
CHLORIDIS.

Chloris erat, memini semperque meminisse juvabit,
Chloris erat miris scita puella modis.
Lis fuit an subigi renuens, invitaque posset
Pugnans cum nudo nuda puella viro.
Cedet, ego dixi, subito penetrabitur ictu,
Semper erit facilis nuda puella labor.
Falleris, evadet, dicebat callida Chloris,
Irritus est ictus, si movet illa latus.
Vir tenet amplexu, dicebam concitus ipse,
Dumque tenet, mulcet, dirigit, aptat, agit.
Dissipat amplexus, & habet quoque femina vires,
Non ita torpemus, subdidit ipsa mihi.
O validam, dixi, quæ sic per verba triumphas!
Inguine tu viso castra petita dares.
Illa furens animo, dictoque accensa procaci,
Improbe, quid cessas, experiamur, ait.
Dixerat, atque sinu tunicam dissolvit & omni
Protinus objecto tegmine nuda fuit.

O niveos artus ! ô pectora firma papillis !
O femora ! ô clunes ! o loca digna Diis !
Numina quæ tales potuistis condere formas,
Quam vobis habiles sunt in amore manus !
Non vos æthereos orbes, non igne coruscos
Ambigo sidereos composuisse globos ;
Vos freta, vos terras, vos regna micantia, Cælos,
Omnia fecistis, nuda puella probat.
Ast ego, ne pulchram segnis remorarer amicam,
Nudus & investis protinus alter eram.
Campus erat thalamus, spectabat fida Climene,
Et Lyris, & tortis Myrtala fusca comis.
Quoque recumbentes, junctim confligere possent,
Adfuit auratus, mollis arena, thorus :
Sed puduit stratos tantum committere bellum ;
Arma gradu stantes contrà movere parant.
Quis mihi mirandam conanti dicere pugnam
Murmure bellisono carmina plena dabit ?
Et Chelys, & lentæ valeant cum pectine chordæ,
Ite leves : elegi, da mihi, præbe tuam.

PROVOCATIO AMATORIA LYGDAMI ET CHLORIDIS.

POEMA.

Jam positis utrimque togis, jam corpora nudi,
Constiterant ambo, furiales mentibus ambo,
Lygdamus & Chloris. Nudo committere Marti
Stat decus ambiguum litemque absolvere pugnâ,
Plus ne cupidineâ valeat congressa palestrâ
Inguinis armati rabies, an fœmina nollens.
Par utrique vigor, validis par impetus annis,
Robustique artus, primoque in flore juventæ.
Ardentes pugnant animi, furor æmulus urget,
Urget lascivo flammata Cupido veneno.
Illa renudatis formosè torva capillis
Prosilit in medium, nodo flammante revinctæ
Assurgunt in fronte comæ, fulgore coruscant
Lumina vibranti; non pensilis aure lapillus,
Non teretes collo gemmæ, ne septa retardent;
Exuerat, demptoque sibi dimiserat usu.
Unica purpureo vestitur sura cothurno;

Cætera

Cætera membra patent, nivibus ſtat plena globatis
Candida maſſa ſinu, purâ de luce renident
Et clunes & molle latus, lucetque, micatque
Inter utrumque femur tonſis inſigne labellis
Fiſſile propudium; ſi ſe tueatur, & artus
Expendat, flammis incenditur ipſa protervis:
Sic oculis, ſic fronte procax, habituque minanti
Conſiſtit medio bellatrix ſuccuba campo,
Oppoſitumque ferox ſe ſe componit in hoſtem.
Ceu propè ſanguineas animosè ſtaret Amazon
Thermodoontis aquas, Goticumque arcere pararet
Agmen, & objectâ ripam deffendere petrâ
Hoſtica terribilem fractura in colla bipennem.
Ille amens, nudæ viſo fulgore puellæ
Perfurit, impatienſque moræ, plenuſque medullâ
Se locat adverſum, moles ſpectanda, tumenſque
Detunicata caput, viſu mirabile monſtrum,
Mentula ſtat rigido furialiter horrida collo,
Attollitque truces rictus, & vertice ſpumat.
Quâ ſubeat, quâ parte premeat, quâ tendat & inſtet,
Proſpicit & validos lumbos oſtentat & artus;
Seque aggreſſurum procurſurumque minatur.
Ceu ſtaret Libycâ pugnam facturus arenâ
Claviger Alcides, humeros, immenſaque nudus
Pectora, cum magnis tranſverſum ambire lacertis
Pergeret Anthæum, fractumque elidere coſtis.
Jam ſtimulis accenſi animi, jam corda tumebant,
Jam veſana manu dederat ſua ſigna libido,
Cum ferus incurſu rapidâque citatior aurâ

Lygdamus erumpit mediam pressurus, ut altè
Impetat, & primo trajectam vulnere fundat,
It cupidus, gaudensque ruit. Stat Chloris eodem
Limite quo fuerat solidis firmissima plantis,
Et rigidas protensa manus, venientis in ora
Unguibus illa ruit pugnax; caput ille gradumque
Iratus retrahit, turbatum vafra puella
Disjicit, & gemino super incutit improba pugno.
Increpuere manus, pedibusque applausere Ministræ;
Risit & à summâ laudavit nube Cupido.
Ut furit à captâ quem reppulit aure juvenca
Efferus, & vecors, rabie cæcante, molossus,
Itque iterùm frendens, latratu major, & illam
Assilit immites mersurus sanguine dentes;
Sic agitur, turbi furias agitante repulsâ
Iratus juvenis rursùmque protervus in hostem
Irruit; illa gradum mutat, primumque ruentis
Assultum mansueta fugit; redit ipse premitque
Acrior ut teneat, manet illa, fremensque
Amplexus rejicit, fit pugna, pedesque manusque
Intendunt contra, connixaque brachia frangunt.
Quis varios flexus, indeprensosque recursus,
Quis properas cumulare fugas, repetitaque posset
Omnia sollicito conamina pandere versu?
Non ego sufficiam mediâ licet arce sederem
Altus hyampeâ, toto præcordia Phœbo
Plenus & extensis me ferret Pegasus alis.
Vi tandem superat juvenis, laterique lacertos
Implicat, & validis pressam complexibus arctat,
Ventre terit ventrem, collimat pectore pectus,
Mucronemque ferrum, & torvâ cervice rigentem
Dirigit ad pubem (quantumque irata juventus
Et quantum poterat laxata furore libido)

Pellit & impingit ; faceretque . . . . sed invida fallit
Conantem mensura virum, nam fronte puellam
Altius & superans, digito ferit altior uno,
Et redit incussum fraudata cuspide telum,
Dum tenet, & vacuo frustratur Lygdamus ictu.
Ne quicquam rigidos conata abrumpere nexus,
Illa furit rabiens, dentesque minatur & ungues
Ni levat amplexus, illataque vincula solvat.
Tene, ait iratus juvenis, nequissima, tene
Dum teneo, solvam ? Teneo, semperque tenebo ;
Donec eam misso totus per viscera telo,
Transfossamque tuæ tradam curare Climenæ.
Solves, inclamat, solves, furibunda puella ;
Atque ungues, dentesque rotat, morsuque manuque,
Colla, genas, vultum, crines discindit & aures ;
Dilaceratque ferox miseram sine lege juventam.
Jam vulsæ cum fronte comæ, jam sanguine stillant
Ora, rubentque genæ, crebro jam livida morsu
Colla humerique tument, jam sævior illa gementem
Opprimit, inque oculos fodientibus unguibus intrat.
Quid faciat miser ? amplexus & brachia laxat ;
Et sua crudeli dimittit vota dolori.
Infelix juvenis, sævo malè condite fato,
Diriperis morsu, rumpunt tua gaudia dentes ;
Et tuus imbelli præscinditur ungue triumphus.
Evasisse manus, nodosque exisse protervos
Exultat Chloris ; Dominam sudore madentem
Myrtala desiccat, vultumque, & pectora tergit.
Ille thoro acclinis, suspiria pectore ducens,

Exhaustas vires, animumque resumit anhelum
Confractus, sed sævus adhuc; nunc crine revulsam
Pertentat frontem; diro nunc turgida morsu
Brachia, nunc imos palpando interrogat artus.
Haud secus Hircaniæ nemorosa per avia sylvæ
Tigride congressus, sævæ post horrida pugnæ
Ludicra, maternâ stratus respirat in umbrâ
Turbatâ cervice leo, trahit ilia fessus
Ore supinato, dementatusque triumpho
Impexas horrore comas, & vulnera lambit.
Sed brevis illa quies; eventu læta secundo
Scilicet insultat victrix, conversaque tergum
In faciem miseri, fœdo turpissima ludo
Huc illuc trepidans, niveas obversat agitque
Gesticulosa nates. Furiatur imagine visâ
Lygdamus, & pernix inopini turbine, saltus
Occupat à tergo, natibus quo repente veretrum
Applicat horrendum. Clamat deprensa puella.
Accurrunt famulæ, quarum sic blanda Climenes,
Non hunc, ô juvenis placidum conscendere clivum
Facta tibi ratio; sacer est, procul impia tela
Auffer, & admissâ pugna certamen arenâ;
Sic ait, hærentem sociæ, multumque furentem
Ægrè divellunt, pulsumque in signa remittunt.
Improba progenies, turpi de stipite germen
Furcifer infamis, nostris indigne lacertis
Vociferat magno clamosa puella tumultu,
Demulcetque manu pavidum sibi blandula clivum.
Ille nihil parcit dictis, & jurgia ridet.
Ast immane rigens, olfatu collis odoris
Turrificata tumet formâque aptata trabali
Amplior horrendum protendit mentula cunum.

Quanta queat vaſtos Thetidis ſpumantis hyatus,
Quanta queat priſcamque Rheam, magnamque parentem
Naturam ſolidis naturam opplere medullis,
Si foret immenſos quot ad aſtra rotantia currunt
Conceptura globos & tela triſulca Tonantis,
Et vaga concuſſum motura tonitrua mundum.
Talis, opinor, erat bello ductata proboſcis
Quæ venit fractas olim metuenda per Alpes
Bellua quæ Latio turritâ mole minantem
Intulit Annibalem, trepidam cum poſceret Urbem,
Et Capitolinas dejectum vaderet Arces.
Attonitus rigidæ miratur Lygdamus haſtæ
Incrementa ſuæ; ſpectat laſciva puella
Et placitura ſibi creviſſe pericula laudat.
Ne ſpecies fallant oculos, it blanda cavenſque
Membroſam tactura feram; ſpumoſa madentes
Illa levat vultus, & formidabile ringit.
Tunc ſuprema parans audaci fata puellæ
Stat juvenis mediâ miles plagoſus arenâ,
Utque erat avulſis maculoſâ in fronte capillis
Strage ſua informis, ruptos ad ſidera vultus
Tollit, & emiſſâ ſupplex ſic voce precatur.
Nata mari, gemini mitiſſima Mater Amoris,
Diva Venus, cui pulchra Gnydos, cui Cypria tellus,
Cui ſunt Idaliæ regnata ſacraria ſylvæ;
Si non immeritus validos tua caſtra per annos
Ipſe ſequor miles, ſi te non ſæva voluptas
Delectat, molleſque juvant ſine vulnere riſus,
Hoc caput, hos crines, hos, ſigna dolentia, morſus
Reſpice de Cælo indignans, hæc perfida fecit;
Non tibi ſævities, averſaque pectora votis,
Nec tu Dardanium crudeli dente notabas
Anchyſem, placidas cum te Simoëntis ad undas

*Prenderet , & Phrigiâ te stratam ductaret in
herbâ.*
Tu facilis , semperque tuo tu pervia Marti ,
Ille licet campo ferus , & clangore tubarum ,
Terrribili veniat galeâ , ferroque trilici , (mis ,
Excipis horrentem , cataphractaque gaudia su-
Oscula commiscens jaculis , & strage Gelona.
Me nudum rejicit , me mollia regna petentem
disjectat lacerum , morsuque manuque cruentans
Ista proterva ferit ; Superos immitte furores ,
Da numen viresque tuas , da tundere sævum
Pectus & infrenem telo domitare puellam.
Si dabis expugnare trucem votoque potiri ,
Ibo peregrino memorabilis advena passu
Quò tibi solemnes Ethnæis floribus aras
Sicanus componit Erix , quo littore Coo
Lumen Apellæâ spiras Cæleste tabellâ ,
Quòque tuum celsis colitur natale Cytheris.
Flexilis è corio , conchâque notatus eoâ (tus ,
Tunc humeros circum curtus mihi curret amic-
Tunc mihi candidulâ procul aspectabile vittâ
Longum hastile manu , talis tua numina visam.
Sic tibi dona feram , calathis dabo lilia plenis ,
Et tua serta , rosas ; redolebunt thure crepanti
Culmina sacra meo , murisque dictata verendis
*Auxilium dictura tuum , nostrumque trium-
phum ,*
Cerea votivi pendebit forma Priapi. (stultas
Dixerat. Et Chloris ; poterit ne admittere
Diva preces sexumque suum , fidamque puellam
Tradere ludibrio ? ridet , stultissime ridet ,
Et tua convexo deliria jactat Olympo.
Quod si divinas potiùs non obstruit aures
Et mavult favisse tibi , non abnuo , pergat ;
Ipsa sibi in terris Venus est pulcherrima Chloris.
Audiit è Cælo Venus aversata superbam ;

Inspirat juveni vires, & vota secundat.
Instaurant bellum, direptis crinibus alter
Horridus, & rigidâ non exhorabilis hastâ.
Altera pertumidis, niveoque in pectore mammis
Pulchra mirabundis: concurrunt, duraque miscent
Brachia; fulmineos suspenso corde tremiscunt
Assultus famulæ, quassataque tecta resultant.
Sic duo, quà virides aperit Macaonia valles,
Postquam pugna prior dilata cæde quievit,
Horrida connixi redeunt ad prælia tauri,
Implacidique ruunt; spectat de rupe propinquâ
Pastor, & ire timet, pecus omne remugit ad ictus,
Et tremit attonitus ferventia cornua lucus.
Cautior ut digitos evitet Lygdamus uncos
Invehitur, pressamque studet vincire lacertis
Et nocuas arcere manus; non inscia mentis
Illa fugit nexus, injectaque vincla repellit.
Confligunt, & pugna calet, jam nulla quietis
Temperies, nullæque moræ, fortissimus ambos
Ardor agit, cursant thalamum, redeuntque ruuntque.
Hic subit, hæc cedit, tenet hic, elabitur illa,
Et ne aliquid spatium sævo per verba labori
Tollatur, vox ipsa silet, furor omnia versat,
Omnia versanti traduntur membra furori,
Ignea vibratis scintillant lumina flammis,
Ora flagrant, ardent vultus, collisa reculsis
Ossibus ossa sonant, impactique artubus artus,
Et veluti litui, confusaque classica belli,
Dant animum fremitus, & murmura anhela laboris.
Ut videt indomitam juvenis nec robore justo
Posse coerceri, dubio varioque recursu,
Callidus ambiguam flexus per mille fatigat,
Inde cito rapidus gyro bis lustrat, & ambit;

Inque latus dextrum, dum fronte ſubire minatur,
Inſilit & totâ complexus mole catenat. (tes,
Non fera tela, manus, non arma frementia, den-
Tunc miſeram juvere ſui, compreſſa reſidunt
Brachia, & obliquus contemnit vulnera vultus.
Nunc ait, exſolvas pœnas frontiſque comæque
Pernicies infeſta meæ; Venus alma precantem
Audiit, & frendens impellit pronus, ut alto
Acclinet lecto, pugnat, contraque puella
Nititur, alterno vergentes pondere nutant.
Haud aliter geminæ, ſoboles excelſa, Cupreſſus
Quas juxtà poſitas altis in montibus Idæ,
Hinc notus, hinc boreas adverſis flatibus urgent,
Dant latus & redeunt replicantibus acta lacertis.
Illa retro tandem compellitur ire, graduque
Cedere converſo, cedentem pellit, & inſtat
Lygdamus, apulſamque thoro preſſiſſimus angit.
Quis tibi nunc meritas juvenis fortiſſime, palmas
Præripiat, plenis victoria palpitat alis.
Urge, age, palantem configе medullitus hoſtem,
Scande triumphali Capitolina proxima curſu;
Scanderet, urgeret, toto configeret ictu,
Sed mutare vices, & fallere docta puella
Furtive obliquat crures, femorique ſiniſtro
Impoſitum duplicata femur, velut aggere ducto
Obſerat acceſſus, internaque clauſtra tuetur.
Ille ubi ſtare novi ſenſit munimina valli,
Eloquio (nec enim manibus queis preſſerat uti
fas erat) eloquio dulci, teneràque querelâ
Emollire parat. Quid adhuc aſperrima votis,
Quid pugnas? Obſiſtis, ait, ſat cædis, & iræ,
Sat pugnæ, liceat dulces cognoſcere riſus
Qui dentes huc uſque tuli; ſi vulnera ſpectas
Tu prior, & felix noſtro de ſanguine vincis;
Poſterior venio, palmam permitte ſecundam

Quæ primam jam certa tenes, cum vincere donas;
Te primum vicisse probas, & gaudia perdis
Dum vinci te posse negas. non barbara cultu,
Non sylvis nutrita feris, non horrida visu,
Sed formosa precor, carisque revincta catenis
Pectora possideo. Possem discerpere crines,
Et possem niveas morsu violare papillas
Exudiumque meum, durosque rependere dentes,
Sed parco, sed malo pati, quam sumere pœnas,
Quam nocuis fœdare notis, hæc ora genasque,
Hos fulvos oculorum orbes, hæc ubera pænis
Deliciosa meis, nostroque excercita bello.
His oculis potius, niveis his oscula mammis
Infigam potius, vos oscula carpite mammæ,
Oscula vos oculi, rosei vos carpite vultus.
Hæc vobis oculi; vobis hæc oscula mammæ,
Hæc iterum vobis, vobis hæc altera vultus.
Sic mordet, sic ora tuus tibi sauciat hostis;
Hæc fatur; roseisque genis, niveisque papillis
Oscula continuat, geminatque quot aurifer hortus
Poma tulit, quot habent Pestana rosaria flores
Quotque micant fulvis Gangelica littora gemmis.
Illa, licet desintque manus, supraque prematur,
Abnuit indignans, vultu que aversa labrisque
Se negat, & torquet, dulcesque infrendit in ictus.
Ut requie, spatioque dato, formosa quievit
Tempestas; non hoc, non hoc, turpissime, dixit,
Me pacto vinces, precibus licet excita stultis
Illa polo veniat labens, & nota Dearum
Bellatrix obscœna Venus, moresque modosque
Suggerat, unde suum solita est mulcere gradivum;
Ipsa favet, nosco, pressisti brachia, vires
Ipsa dedit, non vota tamen, non vota tenebis,
Si dentes, unguesque jacent, habet altera Chloris

Spicula, quæ fædum merito vibrentur in hostem.
Perdite, turpis, iners, hoc quo ego plurima possum
Fulmine te ferio; dixit, visuque patenti
Jacentem juvenem felici in gutture jactu
Fulminat injecto, jaculatrix improba, sputo.
Conclamant famulæ. Rabies, furor, ira, pudorque
Exagitant miserum; pulsat, rabit, angit, (inurget
Conaturque truces femorum discindere nexus;
Quod poterat conatus erat, labor irritus omnis.
At Venus audacis convicia sæva puellæ
Indignata pati, Cœlo delabitur alto,
Cæcâ nube latens oculisque impervia nostris,
Tecta subit pugnæ, campumque furentis arenæ,
Et digito intincto divinæ ul'gine Vulvæ
Oblinit ad geminas juvenis blandissima nares,
Auxilium virtute patens mirabile virus,
Quo si quando suum tetigit visura maritum,
Efferus, & vecors, agitante libidine fibras,
Stare loco nescit, nervos protensus & artus
Intrat lemniacam furibundo pede tabernam,
Ni fugiant, duros vadit cuneare Cyclopas.
Ilicet ut tetigit, totâ diffunditur æde
Inguinis arcani per summa per ima meantis
Immortalis odor; veluti sua thura Sabæus
Incendat flamen; veluti perflantibus auris
Pinguis Oronthæum transpiret campus amomum,
Largaque Judeæ distilent balsama sylvæ.
Occultum sensere Lares medicamen, & auram

Vimque hauſere ſuam ; correptâ libidine flagrant
Fulchra, thorus, thalamus, tabulaque ſtragula, veſtes,
Culmina, tigna, trabes, aurataque tegmina, pelves ;
Uritur, & prurit dirâ tintigine Chloris,
Vexantur famuli, ſcalpunt ſine fine miniſtræ ;
Omnia (quis credat ?) tenuit non viſa libido.
Sed cui jam mentem ſuccus penetrarat inuncti
Nectaris, inque artus ſeſe diſperſerat omnes,
Acrior aſſultu, totis truculentior armis
Lygdamus erigitur ; non illum ſæva tenerent
Mille Adamantheis crepitantia vincla catenis,
Non ſi tranſverſum gelidis cum rupibus Oſſam,
Oppoſitumque truces ferrent Tytanes Olympum.
Æſtuat, infrendit, ſpumat, fremit, ardet, anhelat,
Disjicit, avertit, diſtorquet, comprimit, urget,
Exagitatque furens thalamo trepidante puellam.
Dum ſe turbatam reparat, dum ſæva furentem
Repprimit, ille actis hinc inde ſub ilia palmis,
Suſtulit, obripuit, rapido circumtulit orbe,
Inde thoro inverſam, ſpondâque ſupinâ
Impiger inſiluit ; femora inter, opacataque nactus
Oſtia, nectareâ ſemper ſtillantia gazâ,
Telum horrendum, ingens, nullâ tractabile dextrâ
Impulit & fractis intravit limina vulvis ;
It per aperta ruens, nunquam revocabile telum

Pube comante tenus, fixumque in ſedibus altis
Ima penetrato ſubvertit viſcera fundo:
Increpuere artus, gemitumque dedere cavernæ;
Dum ruit irrumpens, frendet rabidiſſima Chloris,
Opponitque manus, invictaque pectora verſat,
Et quantum rabies, animus, compreſſaque poſſunt
Femora, ſe vibrat, contraque inſurgit & audet,
Sed vires in damna cadunt, fit noxia virtus,
Dum renuit pugnatque aditus accommodat hoſti,
Vulneribuſque aptatur iter, dum tela recuſat.
Sic lea quem curvo deprenderit afer in antro
Venator, validâque ſuper confoderit haſtâ,
Vulnere terribilis rabiem non ſpicula ſentit,
Dumque cruentato premitur confixa mucrone
Pugnat in adverſum, frendetque, & dente minaci
Ire furit contra, recipitque in viſcera ferrum.
Succeſſu felix, plenis capit oſcula labris
Lygdamus, & toto nitens molimine, dulces
Itque, reditque vias, iterumque, iterumque refigit;
Fixa, refixa gemit, ridetque infanda puella,
Jam mitis, motuque favens, jam blandula vultu
Jam bene compacti dulcedine perlita teli;
Pœnituit fortemque diu, validamque fuiſſe,
Et malè crudeles dentes incuſat & ungues.
Sponte ſuâ interdum juvenis ſubſiſtit, & amens
Sydereos oculos, formoſaque labra tuetur.

Mox agit, & validos iterat præstantior ictus.
Ipsa lubens patitur, secretaque gaudia gluttit;
Vulnera delectat, crescitque agitata voluptas.
Jam tremitant oculi, longo, dulcique labore
Lygdamus hauritur, jam creber anhelitus oris;
Et latus, & vultus pugnæ suprema minantur.
Ut sensit fines, & ineluctabile fatum
Deliciis instare suis; da perfida, dixit,
Perfida, da linguam, dedit, irrupitque labello
Admoto, quæstus & dulcia verba petentis
Arripuit; tenuit, labiisque prementibus hærens,
In jecur, in fibras, inque ultima viscera fudit
Fulmineus bellantem animam. Percussa liquato
Fulmine diriguit Chloris, rabidâque catenâ
Amplexata suum, stringit, terit, atterit hostem.
Ille relaxatis, cedente furore, lacertis,
Vix motu, vix voce potens, sta, perfida, dixit;
Sta, morior, fususque cadens in colla, beato
Pectore procubuit, fixoque immutuit ore,
Ultima terribili fremuerunt murmura labro.
Hic fuit irarum finis. quis vixerit alter,
Non liquet, incertas librat victoria pennas,
Et pendet dubius victore jacente triumphus.
Qui sceptro regitis populos, qui celsa tenetis
Culmina terrarum titulo regnisque potentes,
Quis furor impellit ferro committere gentes
Humanumque genus, campos, urbesque cruentas
Absterrere armis, rabidoque evertere bello.
Ut lares à tantis reparentur cladibus orbis,
Ut pax, & miseris redeat concordia terris,

Sanguineas cohibete manus, advertite noſtris
Lumina carminibus, diſcant hæc prælia reges.
Laudandi juvenes, ſi non torpentia vobis
Plecthra dedere Deæ, nec inani tempora nexu
Enthea laurus obit, felicibus addita faſtis
Nomina vos eritis, nullum vos obruet ævum;
Nullaque vos ſacris adiment oblivia Muſis,
Gallia dum pelagum victrix domitabit utrumque,
Dum premet imperio populos: dum regius ales
Atque leo venetus decorabunt lilia cultu,
Lygdamus & Chloris, vates & pugna manebunt.
Nec mage cum Graïum contra pugnaret Achillem
Pentheſilea ſacro cantabitur inclita plecthro,
Nec mage dicentur Solimæ ſub mænibus altis
Auſi fulmineo vitam decernere ferro,
Tancredeſque ferox, ploratque cæde Clorinda.
Certamen mirata novum, veſtroque peractum
Marte, furoris opus, poſt hoc minus arma virumque
Poſteritas inſana leget, minus orbe ſonabunt
Bella per Emathios pluſquam civilia campos.

Sic ego, ſic quondam victor pugnare ſolebam,
Nunc mihi quis nocuit lævus ab axe Deus?
Infelix jaceo pertuſâ cuſpide miles
Arma ſed ut feriant, arma pudenda manent.

Cum nuper campo me ſigna tubæque vocarent,
Ipſe mihi, dixi, miles inepte, mane.
O mihi non ſimilem! perierunt ora furoris;
Et prior in ſpeculo ceſſit imago meo.
Altera nunc rerum facies, me quæro, nec adſum
Non ſum qui fueram, non putor eſſe, fui.

FINIS.

www.ingramcontent.com/pod-product-compliance
Ingram Content Group UK Ltd.
Pitfield, Milton Keynes, MK11 3LW, UK
UKHW021003180726
13838UKWH00003B/1431